CRENDICES e SUPERSTIÇÕES

O FOLCLORE DO MESTRE ANDRÉ

Marcelo Xavier

Fotografia
Gustavo Campos

Conforme a nova ortografia

7ª edição

Formato

Selecionado para o Salão Capixaba - ES/2005

Selecionado pela Secretaria de Educação e Cultura de Vitória - 2005

Selecionado pela Fundação Luís Eduardo Magalhães

Selecionado para o Programa "Fome de Livro", da Fundação Biblioteca Nacional

Selecionado para o Programa "Mais Cultura", do Ministério da Cultura/Fundação Biblioteca Nacional

AGRADECIMENTOS

Carla Xavier
Olívia
Eduardo Eckenfels

Para o Carlos Alberto, Cezar Augusto e Ronalde,
pela amizade e o apoio de sempre.

Foi na loja do Mestre André
que eu comprei uma cornetinha.
Tá, tá, tá, uma cornetinha,
ai-olé, ai-olé, foi na loja do Mestre André.

Foi na loja do Mestre André
que eu comprei um pianinho.
Plim, plim, plim, um pianinho,
tá, tá, tá, uma cornetinha,
ai-olé, ai-olé, foi na loja do Mestre André.

Foi na loja do Mestre André
que eu comprei um tamborzinho.
Tum, tum, tum, um tamborzinho,
plim, plim, plim, um pianinho,
tá, tá, tá, uma cornetinha,
ai-olé, ai-olé, foi na loja do Mestre André.

Foi na loja do Mestre André
que eu comprei um violão.
Dão, dão, dão, um violão,
tum, tum, tum, um tamborzinho,
plim, plim, plim, um pianinho,
tá, tá, tá, uma cornetinha,
ai-olé, ai-olé, foi na loja do Mestre André.

Foi na loja do Mestre André
que eu comprei uma sanfona.
Fon, fon, fon, uma sanfona,
dão, dão, dão, um violão,
tum, tum, tum, um tamborzinho,
plim, plim, plim, um pianinho,
tá, tá, tá, uma cornetinha,
ai-olé, ai-olé, foi na loja do Mestre André.

....

(Cantiga do folclore brasileiro; trecho citado de memória.)

Todo janeiro, a fazenda dos meus avós, no interior de Minas, ficava estufada de primos e tios. Nada de compromissos, nada de horários. Férias! Você conhece bem o sabor dessa palavra, não é mesmo? Os dias começavam com uma bela mesa de café e depois era só brincar, brincar e brincar. À noite, eram as rodinhas aconchegantes em volta de um tio – e tome histórias de assombração. Assim era dia após dia, sempre deliciosamente iguais.

Numa certa tarde de sol muito quente, brincávamos de jogar pião no terreiro quando, de repente, uma batida forte de tambores veio vindo da estrada de terra que chegava na fazenda. Interrompemos imediatamente a brincadeira, levantamos as orelhas e espichamos os olhos na direção daquele som estranho. Na curva da estrada surgiu, então, uma figura mascarada vestindo uma roupa larga e estampada, cheia de fitas coloridas. A coisa rodopiava e dava saltos, sacudindo uns chocalhos amarrados na cintura, nos pulsos e nas canelas. Pra mim aquilo era o demônio, que vinha cobrar nossos pecados. Eu tremia dos pés à cabeça.

A dança agitada daquela figura levantava uma poeira amarela, que a luz do Sol transformava em efeito especial. No meio da poeira, logo atrás do mascarado, vinham os músicos tocando viola, violões, tambores e pandeiros. Acima de tudo, uma bandeira vermelha presa a um mastro fazia aquela nuvem de poeira e gente parecer um barco maluco se arrastando pela estrada.

Chegaram até junto da sede da fazenda, tocaram, cantaram com uma voz aguda feito ponta de agulha, tomaram café com queijo, broa de fubá, biscoitos, e se foram. Meu coração não parou de pular um minuto.

Um tio me disse que aquilo era folclore.

Passei anos com medo do folclore.

Muito tempo depois, soube que havia assistido, naquelas férias, à passagem de uma autêntica Folia de Reis – uma das mais belas manifestações do folclore brasileiro.

Quando aceitei o desafio de fazer esta coleção, me lembrei, imediatamente, daquela tarde na fazenda. A imagem daquele palhaço mascarado saltando e chacoalhando no meio da poeira, que tanto me apavorou, hoje é uma das minhas mais belas lembranças.

Com este trabalho, quero que você também conheça coisas fantásticas como a Folia de Reis e muitas outras maravilhas do nosso folclore.

Acho importante você saber que o folclore não é apenas uma coisa do passado, da tradição. Ele é vivo e está presente no seu dia a dia, muito mais do que você imagina. Está na sua moeda da sorte, nos apelidos da sua turma de colégio, nas gírias, nas suas superstições, em algumas coisas que você come, em gestos, jogos, brincadeiras ou festas que você frequenta. Por isso é tão importante conhecer o folclore. Ele está ligado à nossa vida de um jeito muito forte.

Outra coisa que me empolgou neste projeto foi o fato de poder mostrar imagens do nosso folclore através da técnica de modelagem que venho desenvolvendo há tempos. Fazer de massinha todas aquelas figuras e objetos do folclore seria fantástico. Trazer para perto da minha – da sua – mão, de uma certa forma, aquela maravilhosa Folia de Reis...

Portanto, se você encontrar, no lugar onde trabalho, uma pequena caixa, não abra. Podem pular lá de dentro o Saci, o Curupira, capetinhas e outras figuras muito estranhas que vão aprontar com você.

Se quiser mesmo encontrá-los, abra este livro. É mais seguro...

MARCELO XAVIER

Mestre André é um contador de histórias que parece saber um pouco de tudo. Mora no alto de uma ladeira, numa daquelas casas com jardim, quintal, sótão, porão, varanda, biblioteca e piano.

Todo fim de tarde, ele reúne as crianças da rua para falar de coisas como o mundo dos dinossauros, a vida no Polo Norte, o surgimento da escrita, histórias da Índia, da China e até do Cazaquistão.

Cada assunto tem o seu lugar na casa. Coisas da Natureza são no quintal. Casos de gente ou de bichos, na cozinha. Histórias antigas, na biblioteca.

Mestre André conta essas histórias apontando para um enorme globo terrestre sobre sua mesa. Abre livros, mostra gravuras, arregala os olhos, muda a voz. Mestre André é um pouco ator, um pouco sábio, um pouco louco e um pouco mágico.

Enquanto fala, as crianças, de tão encantadas, grudam os olhos nele, como âncoras, para não saírem voando pela janela.

– Venham comigo. Vamos ao Nordeste do Brasil, conhecer João Boa-Sorte e sua história cheia de crendices e superstições. Aliás, um dos assuntos mais interessantes do nosso folclore.

– O que é folclore, Mestre André?

– Folclore é o conjunto de coisas que o povo sabe, sem saber quem ensinou. O povo brasileiro conhece o Saci, dança capoeira, toma tacacá, tem medo de assombração, acredita que gato preto dá azar, canta "Ciranda, cirandinha", brinca de passar anel, sabe que São Longuinho acha objetos perdidos, que Iemanjá é a rainha do mar e que água mole em pedra dura tanto bate até que fura...

Mas se perguntarmos quem criou ou inventou tudo isso – os mitos, as histórias, as superstições, as danças, as cantigas, as comidas... –, ninguém vai saber dizer. Porque não existe um autor para essas coisas. Elas são contadas e ensinadas, oralmente ou, de uns tempos pra cá, por escrito. Passaram do bisavô pro avô, do avô pro pai, do pai pro filho... Assim, chegaram até nossos dias.

Tudo isso faz parte do folclore brasileiro. Para conhecermos uma pessoa, precisamos saber o que ela sente, do que gosta ou não gosta, o que pensa, o que sabe. Não é verdade? Pois então: o povo é como se fosse uma pessoa. Para conhecê-lo melhor, precisamos conhecer o seu folclore.

Você nem imagina as figuras, os casos, as músicas, as lendas fantásticas, as crendices e superstições que fazem parte do nosso folclore... Quanto mais você souber sobre isso, mais vai querer conhecer.

– Mestre André, o que são crendices e superstições?

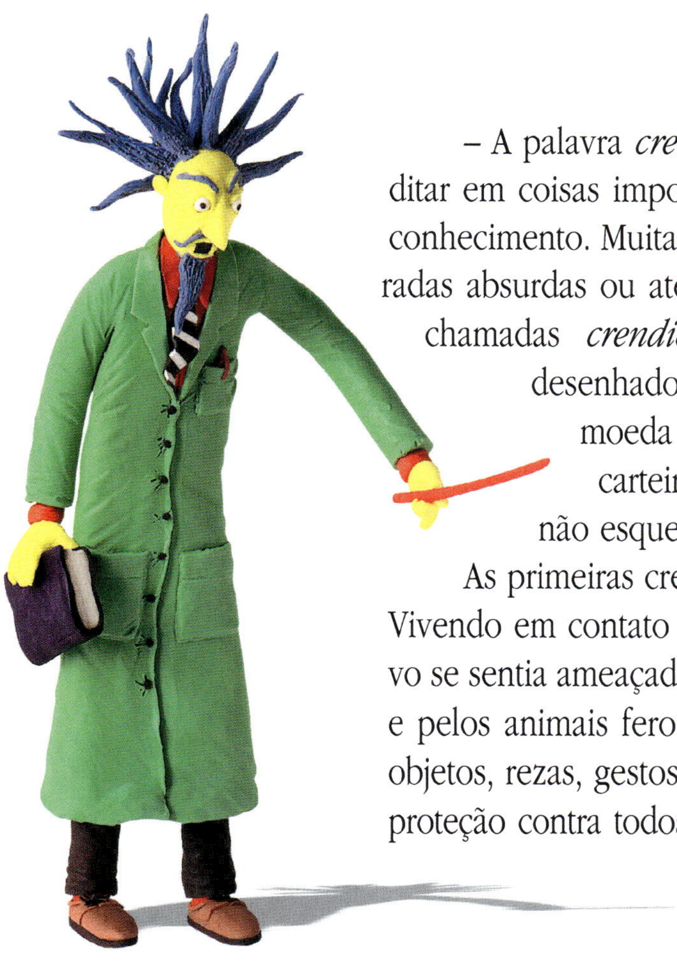

– A palavra *crendices* vem de *crença*. E ter crença é acreditar em coisas importantes como Deus, a amizade, o amor, o conhecimento. Muitas vezes o povo acredita em coisas consideradas absurdas ou até mesmo ridículas. Crenças desse tipo são chamadas *crendices*, *superstições*. Acreditar que um sol desenhado no chão faz parar de chover, ou que uma moeda da sorte não deixa faltar dinheiro na carteira são exemplos de crendices que o povo não esquece!

As primeiras crendices surgiram nas sociedades primitivas. Vivendo em contato direto com a Natureza, o homem primitivo se sentia ameaçado pelas tempestades, pelas pragas, doenças e pelos animais ferozes. Passou, então, a acreditar que alguns objetos, rezas, gestos ou alimentos tinham um mágico poder de proteção contra todos aqueles males. Isso, se não era real, pelo menos aliviava seus medos e aumentava suas esperanças de sobrevivência.

JOÃO BOA-SORTE

João Boa-Sorte é brasileiro de Juazeiro do Norte, no sertão do Ceará. Nascido no mês de agosto, numa sexta-feira, 13, e à meia-noite em ponto!

Dizem que agosto é mês do desgosto e que sexta-feira 13 é um dia de azar. E tem mais: no sertão, todo mundo sabe que a meia-noite faz parte das "horas abertas", assim como o meio-dia, o amanhecer e o anoitecer. Nessas horas, os maus espíritos aproveitam para entrar no corpo das pessoas desprotegidas...

Com tanta ameaça de azaração, cercaram o pequenino João de rezas, benzeções, imagens de santos, promessas, simpatias e amuletos. O balaio que servia de berço mais parecia um altar.

O pai era José Cícero, chamado por todos de Zé Ciço. A mãe, Sebastiana, era conhecida como Donana. Os irmãos eram nove: cinco homens e quatro mulheres, de vários tons de marrom.

O nome do novo filho foi soprado, em sonho, no ouvido da mãe, na primeira noite do menino no mundo. Veio em forma de vento, dizia ela:

– J O O O Ã Ã O O O O...

– João Boa-Sorte! Pra ficar mais forte – completou o pai.

Zé Ciço sabia que o nome é coisa séria, cheia de força invisível. Tudo ele pode... pro Bem e pro Mal. Daí tanto nome de santo, de herói, de gente importante nas crianças. Pra elas terem a proteção e o bom exemplo do bendito xará.

Terezinha, boa vizinha, tratou de colocar uma tesoura aberta debaixo do colchão do menino. No colchão da mãe, um punhal, pois o aço desses objetos espantava os demônios.

Os pais escolheram logo os padrinhos e marcaram o batizado. Damião, amigo de Zé Ciço, seria o padrinho e Terezinha, que estava por perto desde o parto, a madrinha.

No dia da festa, Terezinha foi quem arrumou tudo. Deu banho de ervas cheirosas na criança e defumou toda a casa.

– Não bote fora a água do banho com força, Terezinha. A criança fica nervosa. Tem que ser devagar, e ladeira abaixo, pra ela se criar esperta e tranquila. A fralda lavada também não pode ser torcida: é dor de barriga na certa! – lembrou Donana à futura comadre.

Depois do batizado voltaram todos pra casa, para a comemoração. João veio nos braços do padrinho, com a cara melhor do mundo. Conforme era o jeito certo, a mãe ficou na soleira da porta pra receber a criança.

– Aqui trago este cristão que levei pagão! – falou o padrinho, passando João para a mãe.

A pedra da soleira, ou do batente, como se diz no Ceará, fica na parte de baixo da porta de entrada da casa. Ela é a fronteira entre o fora e o dentro. Fora está o mundo todo, com o céu incluído. Dentro, a vida da família com os seus acontecimentos: nascimentos, mortes, alegrias e sofrimentos.

O cheiro do café puxou todo mundo pra dentro. Os homens, quando pisavam na pedra da soleira, tiravam o chapéu.

Um dos meninos perguntou ao pai por que faziam aquilo.

– É sinal de respeito, meu filho. Sendo a entrada da casa, a pedra do batente é sagrada. Nela não se amola faca, não se cospe nem se limpa o solado dos sapatos. Debaixo dessa pedra é que se enterram os umbigos, as primeiras unhas cortadas e os primeiros cachos de cabelo dos filhos. Isso garante a união dos irmãos e seu amor pela casa dos pais. Evita que eles desabem pelo mundo...

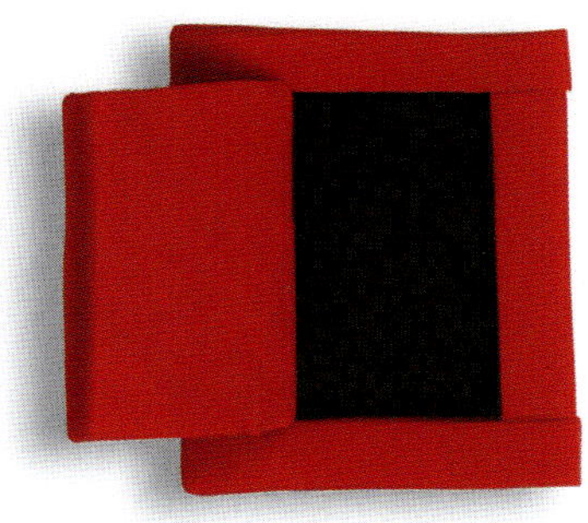

O domingo era sempre uma festa. Dia de ir à igreja, de frango no almoço, de fazer visitas e de ficar todo mundo sentado na porta de casa, proseando.

– Não faça isso! – gritou Zé Ciço pra um dos filhos, que passava o pequeno João pela janela da sala. – Se botar o menino pela janela, ele cresce ladrão!

Algum tempo depois, num desses domingos, foram visitar a avó, que estava muito doente. Ela morava numa pequena casa afastada da cidade. Estava à morte, cochichavam as pessoas entre si.

Foi toda a família: Zé Ciço, Donana, os dez filhos e mais os dois cachorrinhos da casa. Cada neto levava um remédio caseiro ou uma simpatia, na esperança de que a avó se curasse. Tinha santinho, pé de coelho, pelo de lobo-guará, unha de onça, gordura de capivara, tutano de boi, pãozinho bento, galhos de mastruz e até uma folha de espada de São Jorge.

No caminho, passaram por um cruzeiro. Zé Ciço pediu a todos que pegassem uma pedra, rezassem pela saúde da avó e pusessem a pedra ao pé da cruz, onde já havia um tanto de outras, de vários tamanhos. Cada um cumpriu sua parte, respeitosamente, e seguiram em frente.

Na poeira da estrada havia pegadas recentes de pés descalços e grandes. João começou a andar sobre elas, abrindo as pernas com esforço para conseguir acompanhar os passos largos do dono do rastro. Foi ele dar três passos e Zé Ciço correu a tirar o filho daquela distração:

– Não pode pisar no rastro dos outros, menino! Tu não sabe de quem é! Pode ser de gente ruim... Acompanhando suas passadas, tu tá arriscado a ficar do jeito daquela pessoa!

Numa encruzilhada, encontraram uma macumba montada por alguém: toco de vela, charuto, uma garrafa de cachaça, galinha preta e cinzas de papel queimado, dentro de um pote de barro. Antes que alguém se aproximasse, Zé Ciço foi alertando:

– Não botem a mão nesse troço! Nesse tipo de coisa não se mexe. É perigoso toda a maldade descarregar no curioso.

Quando avistaram a casa da avó, Zé Ciço chamou a atenção para um gavião que voava em círculos sobre a casa.

– Mau sinal! O rasga-mortalha, quando voa assim, rodando em cima da casa, está anunciando morte.

As crianças fizeram silêncio profundo. Dali até no terreiro só se ouviram seus passos no chão de terra.

Um grande chifre de boi ficava espetado num dos paus da cerca da casa. João lembrou que era para atrair os bons espíritos e a boa sorte para os animais e a plantação.

Antes de entrar, um dos rapazes tirou do bolso um pente e um espelhinho redondo, pra se pentear. Tomou um susto quando viu que o espelho estava partido. Não falou pra ninguém, mas sabia que espelho quebrado também era um sinal de morte na família...

A volta da casa da avó foi silenciosa e triste. O que piorava mais as coisas é que já era noite. João, com o dedo apontado pro céu, contava as estrelas. O irmão que estava mais perto falou baixinho:

– A gente não pode contar estrelas apontando pro céu porque nasce berruga no dedo!

João enfiou depressa a mão no bolso.

Entrando em casa, João pegou uma banana no cacho que ficava pendurado na cozinha. Nem chegou a descascar. Zé Ciço pegou a fruta de sua mão e falou, sério:

– Deixe disso, menino. Tá com fome? Tome leite com farinha. Banana de manhã é ouro, de tarde é prata e de noite, mata!

Não passou nem uma semana e a previsão foi cumprida: chegou a notícia da morte da avó.

João nunca tinha visto um enterro. O da avó era o primeiro. Deixaram ele assistir, da porta de casa, à passagem do cortejo. O menino observou que os homens parados na rua tiravam o chapéu, e as casas de comércio fechavam suas portas quando a procissão passava.

Caía, nesse momento, uma chuva fina, que obrigava as pessoas a abrir seus guarda-chuvas e sombrinhas.

– A chuva é um sinal dos céus para dizer que a alma da falecida está salva – comentavam todos em voz baixa. – Se fosse chuva de vento, a alma estava perdida...

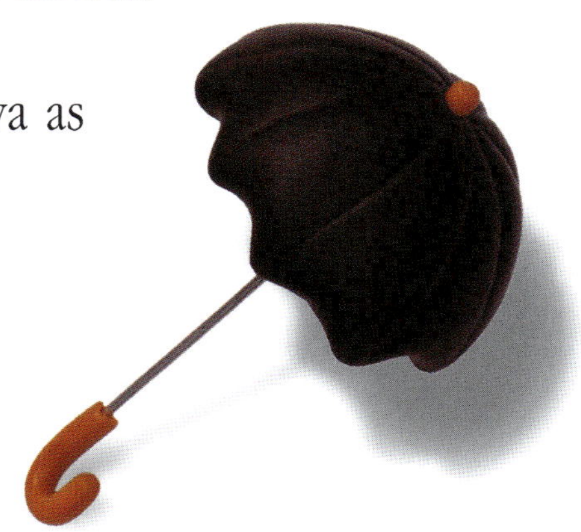

Num dos cantos do céu apareceu um belo arco-íris. João nunca se esqueceu do que sua irmã falou:

– Se homem passar debaixo do arco-íris, vira mulher; se for mulher, vira homem. O povo fala, também, que no lugar onde o arco-íris encosta na terra tem um pote de ouro...

– Entra pra dentro, João! – falou a irmã que tinha ficado com ele. – Enterro a gente não pode olhar até sumir na esquina! É perigoso ele levar junto a nossa sorte!

João obedeceu na hora.

Durante os sete dias seguintes, Zé Ciço não fez a barba. Era a forma dos homens guardarem o luto, quando morria alguém da família. As mulheres se vestiam de preto durante um ano.

Nos três dias depois do enterro, o silêncio dominava a casa de Zé Ciço. Ninguém falava alto, ninguém cantava. Só rezavam, todas as noites.

À noite, antes de dormir, Zé Ciço costumava reunir a família em volta do fogão a lenha, para ouvir suas histórias. Numa dessas noites, João, que descascava uma laranja sentado na beira do fogão, tentou mexer as brasas com a lâmina da faca. Recebeu na hora uma repreensão do pai:

– O fogo é sagrado. Esquenta a casa no inverno, e ajuda no preparo do de-comer. Tem que ser respeitado. Ninguém mexe suas brasas com faca, nem joga porcarias nele.

Uma das irmãs de João pegou a casca da laranja que tinha ficado inteira e rodou na mão feito uma hélice. Enquanto rodava a casca, ia falando as letras do alfabeto: A, B, C, D... A letra em que a casca se partisse seria a inicial do nome do futuro noivo.

João cresceu rápido feito abóbora no mato. Até os dezoito anos, o longe que conhecia era o Crato, cidade vizinha, onde morava seu padrinho Damião. Ele se sentia no céu quando era levado pra passar uns dias na casa do padrinho.

Damião era um sábio benzedor. Atendia, em casa mesmo, filas de gente clamosa:

– Dói aqui, dói ali!

– Preciso disso, daquilo...

– Quero me livrar desse mal!

– Minha menina tá amorrinhada...

João gostava de ficar de ajudante naquele ambiente de cheiros estranhos, plantas e bichos secos pendurados por todo lado, penas, dentes de animais, santos e vidros cheios de pós misteriosos.

– Corra, João! Pegue a bacia, bota água no fogo! Traz a faca grande e uma perna de sapo seco!

O menino atendia, esperto, a todas as ordens do padrinho, se sentindo o próprio aprendiz de feiticeiro.

Na hora da despedida, João se lembrou de uma encomenda:

– Mãe pediu uma muda de "comigo-ninguém-pode", dessa que tem aqui na entrada, pra botar na porta da sala. É que tem ido uma mulher lá em casa, com um jeito esquisito, que bota mau-olhado em tudo: o pelo do gato caiu todinho, uns cinco pintinhos, parrudos, amanheceram mortinhos... Foi a danada achar bonito e pronto: danou-se! Ela tem olho de "seca-pimenteira", mãe falou...

João Boa-Sorte tinha um amigo, Benedito. Os dois não se largavam. Iam juntos pra escola, pra igreja, pra todo lado. Eram mais que irmãos.

Um dia, Benedito apareceu com um osso de frango em forma de V, que ele tinha deixado secar por vários dias.

– Vamo ver quem fica com a sorte.

João segurou numa ponta do osso e Benedito na outra. Puxaram, cada um pro seu lado, e plec! O osso se partiu em dois pedaços. João ficou com o pedaço maior – portanto, a sorte era dele. Guardou depressa o pedaço de osso no bolso, pra ela não fugir.

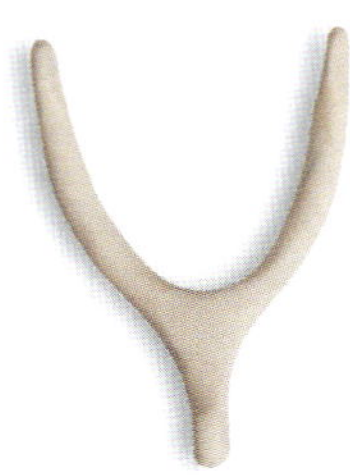

Noite de São João! Pouca coisa é tão fascinante quanto uma fogueira acesa. João e Benedito sabem disso, e brincam de colocar a ponta de um galho seco no fogo. Quando ele começa a queimar, tiram e apagam a chama, deixando só a brasa acesa na ponta. No escuro da noite, fazem desenhos luminosos no ar: círculos, zigue-zagues, riscos e traçados que mais parecem uma dança louca. O próprio movimento, rápido, mantém a brasa acesa. Não parariam nunca se alguém não lembrasse:

– Criança que brinca com fogo mija na rede...

Fogueira na rua, mastro, barraquinhas e bandeirolas enfeitando tudo. Perto da meia-noite, as irmãs de João correm para casa: é hora das previsões do futuro.

Uma delas põe um pouco de clara de ovo em um copo com água. A clara, então, toma uma forma fantástica. Se aparecer uma igreja, é sinal de casamento. Se for um navio, é viagem próxima...

Outra irmã enche a boca de água e fica atrás da porta ou da janela que dá pra rua. O primeiro nome de homem que ouvir é o nome do futuro marido.

Os irmãos de João também têm suas crenças. No quintal, enfiam uma faca num tronco de uma bananeira. No dia seguinte, quando tirarem a faca, o nome da futura noiva estará escrito em sua lâmina.

Nessa noite, todos dormem com a cabeça cheia de sonhos e planos.

Certa manhã, João acordou com o amigo chamando na janela do quarto:

– Levanta, João! Hoje o dia é nosso. Vamos comer até estourar! E só coisa boa!

Era dia de São Cosme e São Damião. Toda casa preparava alguma coisa gostosa para oferecer às crianças. Isso traria felicidade e paz para a família.

Nesse dia, nem almoçavam: era só bolo, doces, biscoitos e capilé, um refresco feito com xarope de frutas e água fresca.

No final do dia, depois de toda a festança, Benedito perdeu seu canivete de estimação. João disse pra ele pedir ajuda a São Longuinho, que o canivete apareceria na hora. Dito e feito: foi voltar alguns passos e lá estava, no meio da poeira, o precioso objeto.

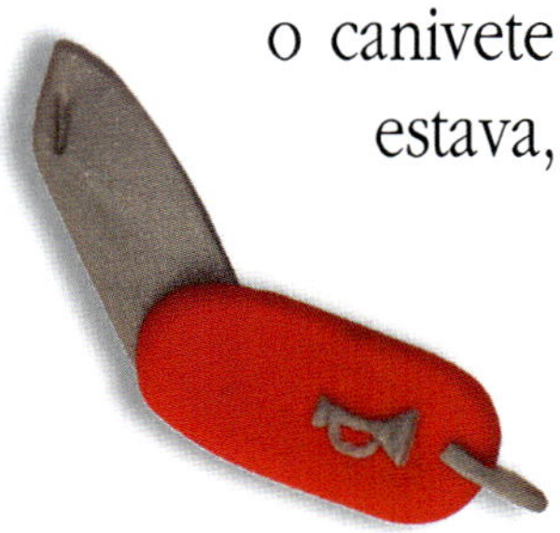

João ensinou ao amigo como devia agradecer ao santo:

– Com o objeto encontrado na mão, a gente dá três pulinhos, gritando bem alto o nome do santo, pra reforçar o agradecimento...

Uma tarde, João e Benedito estavam sentados debaixo de um juazeiro.

– Tá vendo, Bené, que eu já tô ficando de bigode?

Benedito chegou mais perto e se esforçou pra concordar com o amigo:

– É mesmo, João, tá vindo um bigodão por aí.

– É que eu tô passando cocô de galinha preta, todo dia, bem aqui, debaixo do nariz. O cheiro não é bom, mas o bigode é garantido!

Na manhã seguinte, quando voltavam da escola, uma virada do tempo trouxe vento e um redemoinho que dançava bem na frente dos meninos.

Apavorado, João gritou pro amigo:

– Corra, Benedito, que o diabo mora no redemoinho!

Os dois dispararam pra casa e, de olhos arregalados, fazendo sem parar o sinal da cruz, esperaram o Coisa Ruim – que, pelo visto, tinha algum compromisso urgente, pois não apareceu...

A seca daquele ano estava brava, a terra se rachando toda e o gado murchando junto com as plantas.

Tristes como todo mundo, João e Benedito largavam o que estivessem fazendo para ir ver passar a procissão pedindo chuva. As pessoas iam em fila, rezando e cantando o bendito de São José.

A imagem do santo padroeiro era retirada do altar e levada, em um andor, por um grupo de moças. Enquanto não chovesse, ela não voltava para a sua igreja.

Certo dia, Zé Ciço reuniu a família e foram se juntar à romaria para o ritual de molhar o Cruzeiro. A subida era forte e cada um levava uma vasilha com água para jogar no pé da cruz. Cada criança levava sua caneca, para participar da cerimônia. O pai carregava uma lata grande na cabeça, com água suficiente para abastecer os pequenos.

João sabia a oração de cor. Jogou sua água e rezou:

– Senhora Sant'Ana subiu aos montes. Onde ela andou deixou muitas fontes!

Havia também, na época de seca forte como aquela, a procissão dos penitentes. Essa não era pra se ver: acontecia altas horas da madrugada e era formada só de homens. Vestidos com lençóis, túnicas ou seminus, eles se castigavam com chicotes e varas. No silêncio da noite, eram tantos os gemidos e orações que mais parecia um pesadelo.

Os homens acreditavam que, com os seus sacrifícios, seriam perdoados de seus pecados e encheriam os céus de nuvens. E a chuva cairia, com certeza.

Na manhã seguinte a um ritual desses não se falava em outra coisa na cidade. João e Benedito saíam acompanhando os respingos de sangue que marcavam o trajeto dos penitentes, do cemitério ao morro do Cruzeiro.

Numa daquelas noites calmas e estreladas do sertão, João e Benedito estavam deitados na grama da praça da igreja, olhando o céu. Brincavam de mandar mensagens para um João e um Benedito que deviam estar numa daquelas estrelas, deitados na praça de lá olhando pra eles, aqui.

– Eu queria ir até lá, onde ficam as estrelas – falou Benedito, com sinceridade.

– Reze então a "oração das estrelas" e peça. Quem sabe?

– Que reza é essa, João?

– É a reza que a gente faz, deitado, olhando as estrelas. É muito forte!

Benedito deve ter rezado com muita vontade. No dia seguinte, deu nele uma quentura inexplicável, uma febre que durou três dias, e lá se foi o amigo de João, morar nas estrelas...

Serafina, a irmã mais velha de João, ia se casar e morar ali perto. Enquanto arrumava sua mudança, Donana ensinava à filha alguns cuidados:

– A primeira varrida da casa tem que ser com vassoura nova. Pra começar bem a nova vida. E não se esqueça: a primeira pessoa a varrer a casa tem que ser uma mulher velha. Deixe que eu vou lá fazer esse serviço. Tem que começar varrendo os quartos e nunca a sala ou a calçada, e o lixo tem que sair pela porta dos fundos... De forma alguma deixe a vassoura deitada no chão. Isso atrasa a vida do dono da casa. Bater nas crianças com a vassoura também não pode. Seca o corpo delas. Bater em cachorro com ela faz o bicho ficar covarde; no gato, faz ficar ladrão.

Zé Ciço não deixou a filha levar, na mudança, um pilão usado que a vizinha Terezinha tinha lhe dado de presente.

– Em morada nova não entra pilão velho. Tem que ser novinho, sem uso, pra dar sorte e nunca faltar o de-comer em casa.

O casamento aconteceu num dia de muita chuva. Alguém lembrou que a noiva devia ter o hábito de comer na panela, pra chover assim no dia do seu casamento...

Os convidados se amontoavam na casinha de Zé Ciço, comendo galinha de capoeira, arroz e macarrão, tomando sua cachacinha e dançando forró.

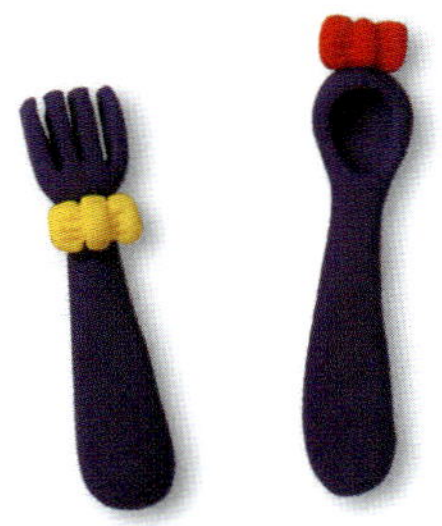

Quando Serafina ficou grávida, todos queriam saber se o filho era homem ou mulher. Pediram pra ela sair da sala, colocaram um garfo em uma cadeira e uma colher em outra. Cobriram as duas com um pano. Se ela se sentasse no garfo, era homem e na colher, era mulher. Serafina entrou e foi se sentando.

– É homem! – gritaram todos.

Começou uma lista enorme de nomes: Cícero, Antenor, Antônio, Sebastião, Jovelino, Osmar... A ladainha entrou noite adentro e terminou sem nenhuma decisão.

Toda mulher que encontrava Serafina e sua barriga tinha uma recomendação:

– Não guarde chave no peito que teu filho nasce com uma mancha na cara.

– Se pegar gato ou cachorro no colo, a criança vem com a cara do bicho.

O tempo foi passando e João Boa-Sorte cresceu, virou moço feito, trabalhador.

Os vizinhos comentavam:

– Esse se criou! Zé Ciço pode sossegar.

Mas as vontades de João também cresceram: de viver de um jeito diferente, de se aventurar pelo mundo, de sentir o gosto da cidade grande.

Para ajudar a realizar suas vontades, o rapaz ficava vigiando o céu no fim do dia:

– Primeira estrela que vejo, dê-me tudo o que desejo!

Dito isso, fazia os três pedidos a que tinha direito. Eram sempre os mesmos:

– Saúde pra família, que não falte comida em casa e que eu vá pra capital.

De tanto querer, chegou o dia de ele ir embora.

Na bagagem, levava um pouco de areia e um vidro com água do riacho que passava bem atrás da sua casa. Foi recomendação de "padim Damião":

– Chegando na outra cidade, misture a areia na água e beba uns três goles. Isso vai te livrar das doenças e coisas ruins da nova terra.

Era madrugada ainda quando João tomou o gole de café que nunca mais esqueceria. Ficou na memória um gosto amargo, apesar do café ter sido adoçado com rapadura.

Os nove irmãos estavam acordados pra se despedir, mas as palavras continuavam dormindo dentro deles.

João engolia as lágrimas. Chorava pra dentro.

Zé Ciço tirou seu "bentinho" e colocou no pescoço de João: dois quadradinhos de pano com a imagem do santo protetor, presos em um cordão. Um ficou pra frente do corpo, protegendo o peito, e o outro pra trás, protegendo as costas.

João pediu a bênção do pai, da mãe e dos irmãos mais velhos. Pegou sua mala e seguiu em direção à estrada. Não se virou nem uma vez. Tinha aprendido com o pai que quando se anda só, no meio da noite, não se olha pra trás, pro medo não tomar conta da gente.

O ônibus não demorou a aparecer na estrada feito um boi bravo, desembestado, bufando e deixando um rolo grosso de poeira pra trás. João ficou um dia inteiro na barriga daquele boi até chegar ao seu destino.

Na hora de descer do ônibus, o rapaz cuidou de colocar primeiro o pé direito no chão. Isso lhe daria sorte na nova vida. Fora do ônibus, e já com a bagagem na mão, sentiu um arrepio e seu corpo estremeceu todo.

– Passe morte, que eu tô forte! – João falou baixinho e seguiu em frente.

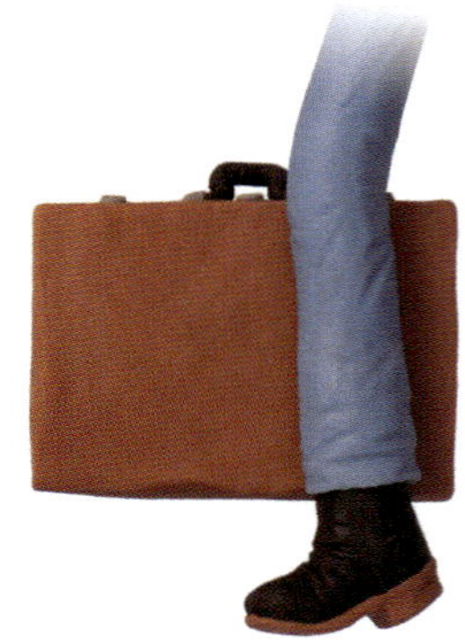

Ajeitou-se num quarto ali mesmo, perto da rodoviária.

A primeira coisa que fez foi mudar a posição da cama. Dormir com os pés na direção da porta nem pensar! Dá azar. Depois se ajoelhou e fez uma oração pedindo proteção e saúde. Em seguida, aproveitou que estava só e longe do sertão, e chorou pra fora.

O vizinho de quarto de João acabou ficando seu amigo. Era moço que nem ele e chegado do sertão também. A primeira vez que entrou no quarto do vizinho, João se assustou com tanta imagem de santo pregada nas paredes.

– Isso aqui é o céu? – perguntou, com um sorriso.

– O único que não é santo aqui sou eu – respondeu Zeferino.

Um dia, os dois saíram pra passear no centro da cidade. De vez em quando Zeferino coçava a palma da mão direita e a enfiava no bolso, como se guardasse alguma coisa.

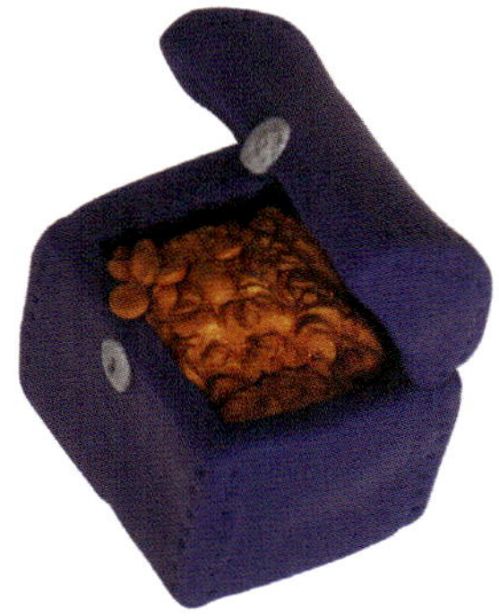

João quis saber o que significava aquilo.

– A palma da mão direita coçando é dinheiro chegando. Tem que coçar e guardar no bolso, senão vai tudo embora – explicou Zeferino.

De repente, Zeferino puxou João pelo braço para evitar que ele passasse debaixo de uma escada, colocada bem no meio da calçada.

– Dá azar, João. Não pode passar embaixo de escada, nunca se esqueça.

Na manhã que haviam marcado para sair e procurar emprego, Zeferino não pôde ir: quando saía do quarto, tropeçou na soleira da porta. Pra ele, aquilo era um sinal claro de que não devia sair de casa naquele dia.

Para evitar problemas, ficou o dia todo trancado no quarto. João foi só, tentar a sorte.

Já era noite quando João voltou da rua. Não trouxe novidade nenhuma.

No dia seguinte, Zeferino acordou cedo e ficou esperando o amigo acordar naturalmente. Sabia que quando alguém está dormindo, sua alma está fora do corpo, passeando. Se a pessoa for acordada de repente, pode não dar tempo pra sua alma voltar e ela morre!

Quando escutou barulho no quarto ao lado, Zeferino bateu na porta e entrou. Deu bom-dia e já foi recomendando:

– Roupa virada do avesso dá azar – falou e desvirou a roupa que estava na cadeira. Desvirou também os sapatos jogados, e completou:

– Sapato deixado com o solado pra cima também dá azar, João. Desse jeito o emprego não aparece. Ande logo, que alguém, em algum canto desta Fortaleza, está precisando do nosso serviço...

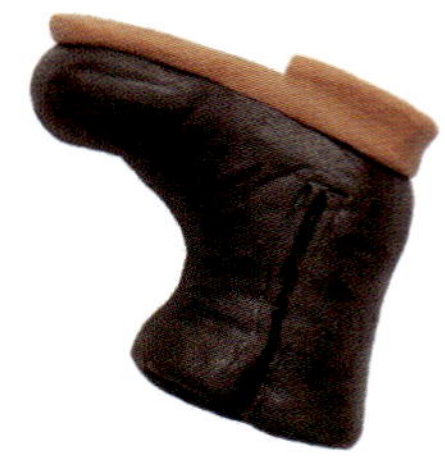

Zeferino insistiu para que fossem primeiro a uma igreja. Tinha que ser aquela que ficava no centro de uma praça, e dava pra andar em volta. Ficaram um tempo rodeando a igreja e rezando. Zeferino disse que rezar andando de roda aumenta o poder da reza. João acreditava no amigo e o seguia, com toda a fé.

No primeiro lugar em que bateram, arranjaram ocupação. Era uma lanchonete que se chamava Pato Ronald. Como não sabiam como falar a segunda palavra, ficaram um tempão dizendo que trabalhavam na lanchonete do pato. Foi assim que a notícia chegou ao sertão, na casa de seus pais.

Trabalhavam ajudando na cozinha. Quase não se falavam durante o serviço. O pouquinho de tempo que tinham era na beira do filtro que, por sorte, ficava fora da cozinha. Um fazia sinal pro outro e iam, juntos, matar a sede e a vontade de conversar.

Numa dessas vezes, João tomou meio copo d'água e ofereceu o resto a Zeferino:

– Se eu beber no teu copo, descubro todos os teus segredos – falou o amigo.

João foi correndo lavar o copo, antes de passá-lo para Zeferino.

Um dia, Zeferino amanheceu apaixonado pela moça que varria os quartos. Paixão é assim: começa no cantinho do olho, como quem não quer nada, e logo toma o corpo todo.

Mas a moça não queria nada com ele. João, então, lhe ensinou uma fórmula infalível:

– Escreva o nome dela num papel. Por cima, escreva o teu nome, dez vezes. Enrole o papel bem enroladinho, esquente no forno e, em seguida, bote num pote de mel. Depois tu me conta o resultado!

A roda do tempo girou, girou.

Levou Zeferino, com a moça do hotel, pra São Paulo. Guardou Zé Ciço e sua família sertaneja no baú de saudades. João pegou um menino pra criar e deu a ele o nome de Damião. Os dois se acomodaram numa casinha na periferia de Fortaleza. Ali, em meio a búzios, ervas medicinais, imagens de santos, incensos, vidros de pós misteriosos, bichos e plantas secas, João atendia a filas de gente clamosa:

– Dói aqui, dói ali!

– Preciso disso ou daquilo!

– É meu menino mais velho: tá tão esquisito!...

De João Boa-Sorte, ninguém dá notícias. Mas Pai João é conhecido em toda a Fortaleza...

– Que dia é hoje? Que horas são? Qual a cara da Lua no céu? No mundo das crendices e superstições todos esses detalhes contam muito. A história de João Boa-Sorte mostra só um pouquinho desse mundo fantástico.

As crendices e superstições formam uma grande corrente que passa pelo Brasil todo. Pelas florestas, pelas praias, pelos campos e pelas cidades. É uma corrente muito forte que nunca vai se arrebentar, pois tem sempre alguém, em algum lugar, acreditando no inacreditável, em palavras mágicas, em amuletos e simpatias.

Acreditando que viver é uma questão de sorte.

Referências bibliográficas

MARTINS, Saul. *Folclore em Minas Gerais*. 2. ed. Belo Horizonte: Editora UFMG, 1991. 128p. (Coleção Aprender).

MARTINS, Saul. *Folclore, teoria e método*. Belo Horizonte: Imprensa Oficial, 1986.

Pequeno atlas de cultura popular do Ceará. Fortaleza: EUFC, Funarte/Inst. Nacional do Folclore, 1985.

FILHO, J. de Figueiredo. *O folclore no Cariri*. Fortaleza: Imprensa universitária do Ceará, 1960.

PONTES, Carlos Gildemar. *Superdicionário de Cearensês: O mais completo manual de vocábulos e expressões do Ceará*. Fortaleza: Acauã/Livro Técnico, 2000.

CARVALHO, Hernani de. *No mundo maravilhoso do folclore. (sem indicações editoriais)*

BARROS, Souza. *Arte, folclore e subdesenvolvimento*. Rio de Janeiro: Civilização Brasileira, 1977.

CASCUDO, Luis da Câmara. *Superstição no Brasil*. Belo Horizonte: Editora Itatiaia, São Paulo: Editora da Universidade de São Paulo, 1985. 443p.

ALMEIDA, Renato. *A inteligência do folclore*. 2. ed. Rio de Janeiro: Companhia Editorial Americana/MEC,1974. 370p.

CRENDICES e SUPERSTIÇÕES

Coleção O folclore do Mestre André

FICHA CATALOGRÁFICA

Dados Internacionais de Catalogação na Publicação (CIP)
(Câmara Brasileira do Livro, SP, Brasil)

Xavier, Marcelo
Crendices e superstições / Texto e ilustrações; Marcelo Xavier;
Fotografia Gustavo Campos. – 7. ed. – São Paulo : Formato Editorial, 2013.
(Coleção O folclore do Mestre André)

ISBN 978-85-7208-303-4

1. Folclore – Brasil I. Campos, Gustavo. II Título. III. Série.

CDD-398.0981

Índice para catálogo sistemático:
1. Folclore brasileiro 398.0981

8ª tiragem, 2025

EDITORIA
SONIA JUNQUEIRA
EDITORIA DE ARTE
NORMA SOFIA
ASSISTÊNCIA EDITORIAL
JAKELINE LINS
EDITORAÇÃO ELETRÔNICA
BRUNO MARTINS

FOTOGRAFIA
GUSTAVO CAMPOS
REVISÃO FINAL
SÉRGIO ANTÔNIO SILVA
COLABORAÇÃO
SOCORRO NUNES
(Consultoria de linguagem regional)

GERENTE EDITORIAL
ROGÉRIO CARLOS GASTALDO DE OLIVEIRA
EDITORA-ASSISTENTE
ANDREIA PEREIRA
AUXILIAR DE SERVIÇOS EDITORIAIS
FLÁVIA ZAMBON

Impressão e acabamento
Log&Print Gráfica, Dados Variáveis e Logística S.A.
OP: 286706

SARAIVA Educação S.A.
Avenida das Nações Unidas, 7221 – Pinheiros
CEP 05425-902 – São Paulo – SP – Tel.: (0xx11) 4003-3061
www.editorasaraiva.com.br
atendimento@aticascipione.com.br
CAE: 602118